KB260491

꿈을 자르다

꿈을 자르다
박수중 시집

초판 인쇄 | 2010년 11월 10일
초판 발행 | 2010년 11월 15일

지은이 | 박수중
펴낸이 | 신현운
펴는곳 | 연인M&B
디자인 | 이희정
기 획 | 여인화
등 록 | 2000년 3월 7일 제2-3037호
주 소 | 143-874 서울특별시 광진구 자양동 680-25호(2층)
전 화 | (02)455-3987 팩스 | (02)3437-5975
홈주소 | www.yeoninmb.co.kr
이메일 | yeonin7@hanmail.net

값 8,000원

ISBN 978-89-6253-075-9 03810

꿈을 자르다

박수중 시집

연인M&B

| 自序 |

이제 나에게 글쓰기란 자기위안인 동시에
자기규정自己規定의 과정이 되었음을
깨닫고 있다.

이 작은 책자를 앉은뱅이에 치매를 겪고 있는
노모老母의 미수米壽에 봉정奉呈합니다.

경인년 시월

有餘 朴秀重

|서문|

문효치
(시인·미네르바 발행인 겸 주간)

박수중 시인은 늦깎이 시인이다. 늦게 출발한 시공부가
선배 시인들을 오히려 앞지를 만큼 빠른 속도로 그 시적
성취에 다다르고 있다. 사물을 보는 눈도 매우 밝고 삶을
생각하는 것도 상당한 경지에 올라 있다.

박수중 시인은 특히 마음공부에 힘을 많이 기울인 것 같
다. 전에 다니던 직장에서는 매우 역량 있는 인재로 정평
이 나 있었다는 소문도 들은 바 있지만 살만큼 살아오면서
얻은 경험과 지혜를 글로 표현함으로써 읽는 이에게 진한
감동을 자아내게 한다.

시집을 통독하면서 나는 박수중 인생의 긴 줄에 깃발처
럼 걸려 있는 많은 경험들과 사물들을 볼 수 있었다. 그 줄
에는 꿈과 그리움 추억과 기다림 등의 정서적 경험은 물론
부재, 행복, 좌절, 허무 등의 의식 내면의 풍경들 그리고 음
악, 춤, 풍선, 연, 이슬 등의 사물에 이르기까지 많은 것들
이 매우 다채로운 모습으로 독자들의 눈길을 끌고 있다.

이 시집의 1부 마지막 시를 보자.

어디에 있는지 추적할수록
어디에도 있지 않네

기억의 끝머리가 분명치 않아
안개 속을 헤매이는 듯
동해남부선 간이역의 햇빛이었던가
니시카사이西葛城 풀숲의 장대비였던가
꿈속의 시절 같기도 하고
태생 이전인지도 모르겠네

기억이 나를 낳은 것일까
애초에 만남이 상상이었나
있는 것은 허수아비뿐
부재는 시차時差를 달리하는
또 다른 부재로 이어지고
나는 부재를,
무엇인지 모르는 슬픔의 궤적을
반평생 쫓아가고 있을 뿐이네
　　　―〈부재不在의 궤적〉 전문

　제목은 분명히 '不在'란 말을 앞세워 놓았다. 언뜻 보아
삶의 허무성을 노래한 것으로 보인다. '태생 이전인지도
모르'는 현실적으로는 허상을 보고 있다. '애초에 만남이
상상이' 었나 의문을 갖고 있다. 그러나 이 시는 삶의 허무
만을 보고 있지는 않다. 그 허무 속에서 끈질긴 희망을 놓
지 않고 있다. 첫 연에서 '추적' 한다고 했고 끝에서도 '반

평생 쫓아가고 있'다고 했다. 이것은 포기하지 않는 질긴 희망을 동시에 표출한 것이다. 박수중 시인이 삶의 문제에 대해서 얼마나 많은 생각과 고뇌를 갖고 있는가를 보여준다.

누군가 시는, 얼마나 고민을 많이 하느냐에 달려 있다고 말했다. 박 시인은 삶과 시 앞에서 많은 고뇌를 하고 있음이 분명하다. 그리고 그 고뇌는 그의 삶을 가치 있게 승화시키고 시를 아름답게 창조하고 있다.

한 권의 시집 속에는 한 시인의 인생이 녹아들어 있다. 이 시집 "꿈을 자르다"에는 박수중 시인의 인생이 페이지마다 들어차 있다. 비록 늦게 출발했지만 그의 발걸음은 매우 빠르고 진지하다. 그래서 저 정상의 고지에 같이 출발한 시인 중에서 박수중 시인이 가장 먼저 오르지 않을까 하는 기대가 가득하다. 이 시집의 출간으로 우리는 좋은 시집을 또 한 권 더 갖게 되었다. 기쁜 일이다. 이제는 시인으로 새 인생을 사는 박 시인의 앞날에 늘 문운이 따르기를 빈다. 시집 출간을 진심으로 축하한다.

2010년 가을에

| 차례 |

1. 기억 1

2. 기억 2

3. 환상幻想 기행紀行

| 해설 |

1. 기억 1

블라인드 사이드*

아와지시마淡路島의 외딴 길에서
내려 버린 그대와의 세월
햇빛 쏟아지는 초봄의
환영幻影 속으로 사라져 버렸네
그 후로부터 나는
그대에게는 상관없는 기다림이었지
빛나는 햇살의 그대를
멀리서 눈부시게 쳐다보아도
나는 늘 한갓 그늘에 불과하였네

한동안은
그대 눈에 보이지 않는
공간의 사각死角에 있더라도
시간만은 같은 세상에
함께 있다고 생각하였네
어이없게도 그것조차 착각이었느니
내가 살아온 그늘은
시간의 진화進化가 느려
낡은 기차의 기적 소리 이후
다시는 조우遭遇할 수 없는
그대 시간의 사각四角 시점에 갇혀 왔다네

*블라인드 사이드(blind side) : 미식축구에서 쿼터백이 감지하지 못
하는 사각지대(死角地帶).

그 방房

그 방은 혼자 있었다
나가이長居운동장 둘레의 숲속
시간이 머물러 있는
어느 삭정이 같은 골목을 접어들면
가을 풍경 속 햇빛처럼
그 모습이 빗살무늬로 떠올랐다
측백나무가 있는 마당을 돌아 들어가면
기다림이 고여 있는 흙바닥과
생채기 투성이의 쪽마루,
대나무잎 푸른 냄새가 묻어나는
다다미방 하나가
덩그라니 놓여 있었다
방 끝에는 빈 하늘이 한 장 걸려 있고
햇살이 비치면 고운 먼지가
빛의 띠를 이루며
퇴색退色한 시간 속을 부유하고 있었다
그 방구석에는 더듬이가 긴 곤충들과
기억의 파편들이
희미한 그림자로 웅크리고 있었다

꿈을 자르다

꿈을 꾼 아침에 거울을 보면
조금씩 눈썹이 자라 있어요
꿈은 늘 한쪽 생각으로 덧없이 끝나 버리죠
강남역 6번 출구에서 일 년을 기다려
간신히 뒷모습을 쫓아가려는데
안타까움으로 깨어 버리면
꿈자리가 유에스비 메모리처럼
내 눈썹에 입력되는 거예요
넥타이를 매다 보니
꿈의 저장량이 커져
그렇게 눈썹이 길어졌더라구요

하는 수 없이
미니 가위로 눈썹을 자르기로 했어요
반달 모양으로 짧고 가지런하게
지독한 못잊음未忘도
절제節制가 가능하도록
꿈을 잘라 내는 거예요
하지만 어차피 언젠가는
다시 길게 자라나
눈물까지 닿게 될 것을
나는 잘 알고 있어요

풍선

그대의 행방을 알 수가 없어요
수십 년 기억의 어디쯤에선가 끊어졌네요
이제 그대를 추적하기 위하여
내가 할 수 있는 일이라곤
오직 풍선을 띄우는 것 뿐,
미몽迷夢에서 깨어나
세상이 텅 빈 아침
입 안의 점막세포를 털어 낼 만큼
몇 번이고 입김을 불어넣어
안타까움을 부풀립니다
어떤 세월에도 변함없이
그대를 입력해 온 세포 속 DNA가
풍선의 길잡이가 되어
그대를 찾아가게요

하지만 그리움을 부풀리면 부풀릴수록
풍선은 까마득히 높이 올라가
하늘 언저리를 헤매다가 터져 버리죠
담겨 있는 내 한숨도
순간의 햇살같이
허공으로 스러지고 말아요

연鳶, 緣

오랫동안 소식이 없어
먼 구름만 바라보았지
그러다가 문득 생각난 듯
엽서가 오기 시작했다
그대에게 라고 쓰고는
푸른 하늘의 바탕 그림에
가오리연이 그려져 있었고
다음부터는 단지 꼬리만
수십 번 연이어져 왔다
어느 시점에 그림엽서가
더 이상 오지 않게 되자
인연因緣이 거기까지로 생각한 나는
그 모든 것을 가지고 언덕에 올라
바람에 흩날려 띄워 버렸다
놀랍게도 연이 꼬리를
길게 이어 올라가고
그 위로 회오리바람처럼
내가 떠오르는 게 아닌가
현기증이 나도록 높이 올라가 까만 점이 되어
아주 멀리 날아갔다

밤 깊어 낯설고 어두운 객지에 내리는
젖은 내 몸이 보였다
빗줄기가 길게 풀리고 있었다

잠을 설치다

고장난 전화기에서 흘러나오는
낯익은 목소리에 잠이 깨었다
의식의 끄트머리, 기억의 실 끊어져
하늘 멀리 날아가는 연鳶
아직도 점點이 되어
아득히 사라지고 있다
돌이킬 수 없음을 일깨우듯
머리맡 창문에 비치는 봄눈의 자취
어렵게 지탱해 온 망각이 흔들리며
숨이 허공으로 새어 나온다
추억이란 세월과 함께 가벼워지는 것
하지만 잊고 있다가도 어느 새벽 문득
가슴 저려 오는 것이다
지금쯤 연이 내려앉았을까 가모가와鴨川에,
그 겨울이 녹는 강물 소리가
이명耳鳴으로 들려온다

이슬

이른 아침 풀숲 길에서
누군가 가지 못하게
내 발목을 잡아요
쓸리는 풀인지
눈물 그렁한 그대인지
바짓가랑이가 푹 젖어 오는데

내 생각이 어찌 붙잡혀도
그대는 여전히 눈부신 파행跛行
터질 듯한 표면장력表面張力으로
위태로이 풀잎 위로 누우며
아침 햇살에 부서지는
그대의 투명한 목숨이
어이 이리 나를 애닮게 하나요

벽壁의 속성屬性

내가 그에게 다가갔을 때
그는 벽이 되었다
두드리고 불러 보아도
반향反響 없는 침묵으로 서 있었다
나는 겨우 그에게 밀착하여
바싹 귀를 대어 보았다
숨겨진 울음이 들려올까 긴장하면서

바람이 가차없이 휘몰아치면
그는 피할 수 없이
나의 공간을 가르고 있었지만
자신의 시간을 거스르지는 못했다
아무리 부딪쳐도 미동微動도 없는 절벽,
미망迷妄에 차단된 나에게
보이는 건 빈 하늘뿐이었다
그 아득한 단절을 넘어가고자
나는 힘겨운 오르기를 끊임없이 시도했고

그때마다 번번이
'시지프스'의 신화처럼 실패하고 말았다
벽 밑의 음습한 그늘 속에는
더듬이가 긴 곤충이 쌓여 있었다

등대

아파트 화단가에
사면이 유리로 된 공중전화부스가 서 있다
고깔모자 모양의 푸른 지붕을 이고
다시 찾아올 세월을 기다리고 있다

달이 가고 계절이 지나는 동안
가끔 바람과 햇살이 무심히 지나칠 뿐
안에는 사람이라곤 보이지 않았다

언제부터인지
통화는 휴대용에 빼앗기고
소리 잃은 전화기만
주인 없는 악기가 되어
불구의 세월을 앓고 있었다

눈보라에 휩쓸리는 어느 겨울 밤
눈바다가 된 쌓인 눈을 밟으며
누군가 안으로 들어가는 모습이 보였다

순간
유리통 속이 무대 조명이 켜지듯
환하게 밝아지며

멀리서도 보이는 투명한 주황빛이
혜성의 꼬리처럼 길게 뻗쳐 나왔다

빛이 닿는 곳까지
소통의 신호를 보내는
등대의 불빛같이.

부재不在의 궤적

어디에 있는지 추적할수록
어디에도 있지 않네

기억의 끝머리가 분명치 않아
안개 속을 헤매이는 듯
동해남부선 간이역의 햇빛이었던가
니시카사이西葛城 풀숲의 장대비였던가
꿈속의 시절 같기도 하고
태생 이전인지도 모르겠네

기억이 나를 낳은 것일까
애초에 만남이 상상이었나
있는 것은 허수아비뿐
부재는 시차時差를 달리하는
또 다른 부재로 이어지고
나는 부재不在를,
무엇인지 모르는 슬픔의 궤적을
반평생半平生 쫓아가고 있을 뿐이네

2. 기억 2

이장移葬

시간이 그대로 머물러 있더군요
봉분을 조심스레 헐어 내려가
가랑잎처럼 부식腐蝕된 관 뚜껑에 닿았을 때
빛이 무너지듯 현기증이 엄습했어요

사십 년 세월이 갇혀 있었어요
아들이 청년에서 할아버지가 되는 동안
당신은 당신만의 공간 속에 사십대로 존재하셨네요
살과 머리카락과 수의壽衣는
아주 고운 먼지가 되었고요
두개골에서 발가락뼈까지 누운 자세가
절제節製된 침묵처럼 가지런했어요

당신의 치아는 헤어질 때와 변함없이
윗송곳니가 하얗게 빛나고 있었어요
지나온 세상의 질풍노도疾風怒濤가
이곳에선 지극한 고요였네요

넓은 한지에 수습한 뼈를
죽음과 무無의 퍼즐을 풀 듯
다시 원래의 모습으로 정열하는 것을 지켜봤어요

옆에서 당신이 가만히 제 손을 잡고 있더군요

개기일식皆旣日蝕 1
—맹목(盲目)

달이 해의 중심을 침식해요
해는 둘레만 남아 해무리와 함께
눈부신 다이아몬드 링을 형성形成하고
끝없는 흑색 심연으로 빨려 들어가죠
시간이 존재하지 않아요

황반변성黃斑變成이란 눈병을 아시나요
망막의 중심에 오랜 세월 모세혈관이 터져
일식이 일어나는 거예요
물체의 중심은 보이지 않고 주위만 보이지요

그대를 응시해도 그대의 얼굴이 보이지 않아요
실바람에 나부끼는 긴 머리카락만 보여요
허옇게 쏟아지는 장대비가 보이지 않아요
정원에 빗줄기를 쳐다보면
그 아래 기억이 피어 있는 과꽃에
떨어지는 빗방울만 보이는 거예요
흐르는 강물이 보이지 않네요
물거품 이는 강기슭이 시야에 들어올 뿐이고요
그저 누군가 부르는 소리만 귀에 가득하네요
내 마음이 태양의 흑점처럼 타고 있어요

개기일식皆既日蝕 2

―기다림

너무 눈이 부셔 쳐다볼 수가 없어요
오직 둘레를 보고 겨우 그대인지 알지요
달이 온몸으로 침식하는 짧은 순간에
처음으로 그대와 해후邂逅하지만
망막에는 기억이 까맣게 타버린
'트라우마'만 남아요
그대가 노을빛 해무리 속으로 자취를 감추면
이제 내 생애에는 더 이상
검은 슬픔의 그대를 만날 수가 없어요
나의 한 세상은 그대에겐 찰나에 불과하고요
언제가 될까
백 년을 기다려 하루 지상으로 떠오르는
중세 설화說話의 마을처럼
다시 지하에서라도
흙을 뚫고 그대를 볼 수 있다면
흑점을 훔쳐보는 것만으로
나는 기꺼이 눈이 멀겠어요

제니의 초상*
—다운증후군 소녀

명일동 살 때 옆집에 그 소녀가 살았지
열 몇 살일까
미간의 거리가 멀고 일자 눈썹으로,
얼굴이 이진법 숫자처럼 아주 단순하게 생겼었지
동생도 업어 주고 집 살림도 잘 한다고 했다
눈치가 없는 나는 왜 학교에 안 가느냐고 물었다
저는요 집에 올 줄을 몰라요 라고
그녀는 대답했다

세월이 지나가는 희미한 기억의 안개 속에
그녀는 잊혀진 숲에서
비에 젖어 떨고 있는
박새로 남아 있었지만
전철역에서 가락시장에서 잠실 지하광장에서
예기치 않게 조우遭遇하곤 했다
나는 너무나 반가워 뛰어가 물었다
'너 제니지' 그러나 착각이었다

세상에 대하여 아무것도 모르는 천사의 얼굴을
염색체 21번이 잘못되었다고
하느님은 왜 모두 비슷하게 만들었을까

* 로버트 네이션의 소설.

밤, 강변역에서

전차는 떠났다
잘려나간 잠자리의 몸통 같은
역사驛舍의 남쪽
밤의 허공 속으로
마지막 꼬리등을 점멸하며
아스라이 멀어져 갔다
플랫폼의 콘크리트 바닥에
빈자리만을 내려놓은 채
함께한 세월도 같이 떠나 버렸다

'테크노마트' 의 반짝이는 조명등이
출렁이는 강물 위로
흔들리는 그림자를 드리운다
불빛에 어른거리는 환영幻影을 지우며
침묵보다도 낯선 황량한 거리로 나선다
봄은 평온하지 않았고
황사를 실은 회오리바람이
주황 불빛 번지는
포장마차의 휘장을 휘젖고 다녔다

불현듯 허기가 몰려온다
밤의 정거장
어둠의 밀도에 일탈逸脫은 없다
그 검은 미혹迷惑의 시간 속으로
나는 완벽하게 빠져 들어갔다

티브론 해안海岸*

세월이 물결치듯 흐르고
나는 다시 그곳에 갔다
그대의 부재不在와 함께

멀리 항구의 불빛이
안개 속에 반짝이며 다가오고
금문교의 붉은 조명이
밤하늘의 어둠 속에 짙게 걸려 있었다

초봄의 바닷가에선
아직도 차가운 바람이
낚시터에 선 우리에게 불어오고
가까운 기슭의 선착장에서는
이제 막 창마다 환한 불을 밝히고
하얀 여객선이 건너편 항구로
떠나가고 있었다

—만나면 그대는 언제나
싱그럽고 설레이는 바람이었지

그믐밤의 어둠은
바다와 하늘을 이어 놓고
한구석으로 먹구름을 칠하고 있었다

우리는 추억의 파도에 휩쓸려 떠내려갔다
잡히지 않는 그대의 포말泡沫에
안타까이 손을 뻗으며

* 티브론(Tiburon) : 샌프란시스코만의 북쪽 해안가 지명.

하라주쿠原宿에서

4인조 밴드가
적막을 두드리고 있었어
흩어진 밤을 부르고 있었지
비보이가 팽이가 되어 돌고
노랑머리 염색녀女가 흔들며
옷속에서 튀어나오더군
저녁에야 기상하는 권태倦怠가
노을빛 따라 거리로 번졌다
바람이 지나간 시간들을 불러오고
사람들이 하나 둘
켜지는 등불처럼 모여들었지

누군가 뒤에서 내 손을 잡는 거야
끈적끈적 점액질 기억이
묻어나오는 것이었어
그러나 돌아보아도 아무도 없었다
오래전 풍경이 눈길에 떠오를 뿐
헤비메탈의 강렬한 비트만이
이내嵐氣의 푸른 공기 속을
홍수처럼 범람하고 있었어

요세미티 회상回想

하늘에 닿을 듯한 침엽수와 세쿼이아 숲을 지나
고원高原의 협곡峽谷을 거슬러 올라간다
신이 하품하고 있다
오랜 빙하에 침식된
아득한 수직 암벽El Capitan에
소형 텐트들이 매달려 있고
반딧불 같은 호롱불빛이 비쳐 나오는
그 안에 암벽타기들이
존재의 허공을 베고 누워 있다

반달 모양의 거대한 바위산Half Dome 정상에
태고 적 부처의 돌머리,
인접한 산마루와의 사이는 좁은 천길 나락이니
도약의 순간은 영겁永劫의 추락,
건너 뛰어넘는 찰나
나는 곤충이 되었다

명징明澄한 달빛이 스며들자
동물의 혼들이 풀잎처럼 일어나고 있다
일만 년 전 인디안의 외침과
곰의 울음이 숲속에서 몰려오고
나는 두고 온 흔적을 찾아
원시시대로 돌아가고 있다

그리운 폭설

오! 백 년 만의 큰 눈이라고요
그럴리가요 어릴 때가 더 눈이 많이 왔어요
그렇게 오랜만이라면 지금 제가 몇 살이 되는 거죠?

산골의 눈보라가 도심부를 장악했어요
시루떡 만원버스의 출입구 발판에 매달려
평소 십 분 거리의 강변로路를 두 시간 이상 흔들려 왔어요
달력 크기의 창문을 손바닥으로 지우고 내다보면
동화 속 눈세상이 안개 속처럼 몽롱하게 보였어요
고인돌이 되어 버린 버스를 인내 끝에 탈출했지요
확대경으로 보는 오로지 하얗기만한 거대한 풍경
테크노마트 타워는 거인국의 큰 눈사람이었어요
눈 핵폭탄을 맞은 지구상에 나 혼자 살아남은 듯 걸었어요

—어릴 적 갑자기 찾아온 폭설의 적막이 떠오르네요
허허 눈벌판으로 변한 효창공원,
눈 맞은 나무들이 바다 속 하얀 산호 모습으로 서 있는
구릉을 거쳐 숙명여대 정문 앞으로 내려오면
길모퉁이 누이들이 다닌 초등학교 높은 담에서
바람이 불 때마다 눈이 휘날려 해란약국 지붕을 덮어 버렸
어요

경사진 길옆 호롱불을 켠 다락방 다방에서는
방학 때 고향에 못 간 학생들이 '폴 앵카'의 팝송을 틀고
있었죠
그 아래 언덕 늙은 의사가 모든 진료를 다하는
동네 병원의 간판에 눈이 수북하고, 건너편 둑길 위로
기차는 눈꽃을 날리며 서행했어요. 둑 밑 개천까지는
철사줄 썰매를 타고 순식간에 미그러져 내려왔어요

태고의 정적 속에 나를 찾아와 압도하는 그리운 모습들
폭설을 타고 머릿속 환영은 시간을 거슬러 올라갔어요

뚝섬

동대문 시장구석
젓국 냄새가 진동하는 노천 정거장에서
기동차는 떠났지
철로 위로 사람과 리어커가 멋대로 오가고
연변沿邊은 판잣집이 궁핍과 미로로 엉켜 있었어
염색한 옷가지들이
구조의 신호를 보내며 바람에 펄럭이면
협궤차는 댕댕댕 비명 소리를 내며 달렸지

이윽고 미루나무가 줄 서 있는 모래사장이 나타나고
까까중 머리들이 강물로 뛰어들었어
고르지 않은 바닥에 발끝을 곤추세우고
여린 삶이 떠내려가지 않게 허우적거렸지
쓰르라미는 울음으로 시간을 깨고 있었고
하늘에는 아직도 전투기의 소음이 환청으로 남아 있었어

멀리 강 건너 컴컴한 숲이 고성古城으로 다가와
'나의 청춘 마리안느'*에서처럼
송아지만한 개와 신비의 소녀가
금방이라도 나타날 것 같았어
그 가슴 떨리는 미지未知와의 우연한 만남을

나는 얼마나 꿈꾸었던가
그렇게 유년의 여름은 강물따라 흘러갔어

그곳은 한 번도 섬인 적이 없었지

* 50년대 줄리앙 듀비비에 감독의 불란서 영화.

폭설, 태백산행

눈사태로 겨우 임시 통행도로가 이어지고
차량은 비상등을 켜고
절대감속 표지를 기어간다
유일사 매표구에서 산행이 시작되자
흩날리는 눈보라는 기억을 흐트러뜨린다
무수히 허공을 휘젓는 눈벌레들,
절을 지나며 눈은 폭설로 바뀌고
무모한 눈발은 장막처럼 안경을 덮는다

하늘은 온통 처연한 공포의 흰색이다
어떤 세상도 보이지 않고
완전한 고립이 에워싼다
의식조차 가물가물하고
끝없는 눈안개에 빠져 들어간다

발걸음을 쫓아온 졸음이 찬 손을 내밀어
먼 시점으로의 환상에 잠겨 들게 한다

깨어나지 않고 지상으로 내려가지 않고
이 겨울 내내 못 잊을 사람의 부재不在와 함께
계속 시간여행의 눈 속을 가고 있으리
폭설이 멎을 때까지

페블비치 추상追想

마음이 스산할 때면
우리는 몬트레이 해변으로 달려갔다
태평양 쪽빛 바다는 늘 반겨 주었고
세븐틴 마일 숲길은 아늑함으로
알 수 없는 불안을 덜어 주었지
언덕 아래로 모래사장까지
골프 코스들이 펼쳐져
어느 날은 아랍의 왕자와 플레이를 하는
행운도 있었고
핫도그 중독인 갈매기들이 약탈자처럼
카트를 습격하곤 했다
귀로에
전시물이 된 정어리 공장을 지나며
존 스타인벡의 분노를 떠올렸었지
끝없는 수평선에 노을이 짙어지며
내 중년의 실루엣이 가라앉고 있었다

마이산馬耳山

하늘로 솟은 큰 귀로
멀리 우주 속으로 가고 있는
지난 시간의 음파가 도달하는가
번개 치자
오랫동안 소식이 없던
매트릭스*의 別세계로부터
접속을 시사하는
인터넷 메시지가 도착한다
이제 무의식의 기억마저
시효時效가 완성되었고
기다림의 어리석음도 지워졌다고
무지개로
다시 연결을 시도하고 있다
두 귀 사이로 산을 넘어가
미지未知와 조우遭遇하다*

* wachowski 형제가 연출한 영화(1999).
* spielberg의 영화 Close Encounters Of The Third Mankind(1977).

아주 사소한 행복 1

모처럼 아들 내외가
돌이 조금 지난 손자를 데리고
다니러 왔다

"정우, 어디 있니" 부르면
아이는 조개만한 손으로
자기 가슴을 가리키고
옆에서 삼십을 넘은 아들이
수염이 꺼칠한 채
겸연쩍게 웃고 있다

마당의 쓰르라미 소리가 오수午睡로 밀려오며
아들은 옛 자기 방에서 누워 자고
이어서 손자가 버릇인 듯 엎어져 잔다

러닝셔츠 차림의 아들 옆구리에는
어릴 적 끓는 물에 데인 흉터가
손바닥만하게 엿보이고
곤히 잠든 어린 손자의 등에는
손수건만한 아기웃이 새끈거린다

두 손을 각각 그 자리에 대어 본다
두 체온이 서서히 전류가 흐르듯 옮겨 온다

여름 한낮의 정밀靜謐함 속에서

아주 사소한 행복 2

차를 끓이면
경적 소리가 달려온다
간이역 마당에서 멀리
피어오르는 아지랑이처럼
찻김이 올라오면
봄바람에 차디찬
그대의 알몸을 만지듯
찻잔을 꺼내
그대의 호흡과 함께
차를 마신다
행복이란 그렇게 사소한 것임을
음미하면서

미명未明

불꺼진 창가에
누군가 오고 있는 발자국 소리
꿈꾸듯 생각만이
어둠 속으로 나가 보면
모습은 보이지 않고
자욱한 안개 속에 빗소리만이 다가온다
어둠의 밀도密度는 엷어져 가고
허공 속에 눈빛으로 흩어지는 몸짓들
벙어리 같은 하루는 실종되고
아픈 시절의 기억들이 빗방울로 떨어지며
아직도 집착執着으로 잠 설치는
새벽을 적셔 온다

접견

희미한 형광 불빛 아래
파리가 날아다니는
드넓은 천장에서
물레방아 바퀴만한
바람개비가 돌아간다

그리로부터
칠판만한 크기의
가로로 된 전광판이
아슬아슬하게 걸려 있다

날짜 시간 면회인 만날 사람
모든 사연은
오직 기호로만 나타난다

나는 기다린다
십오 분에 한 번씩 점멸하며
변화하는 만남의 신호를
언제 부닥칠지 모를
불안한 미래를

3. 환상幻想 기행紀行

임플란트 의식儀式

터미네이터*의 형형熒熒한 눈빛이
눈부시게 졸음을 발신發信하고 있어요
눈감으면 하루살이가 날아오고
반딧불이 지나가곤 하지요

누워 있는 삶이 진저리 칠 때
마취 바늘이 찌르고 들어와요
창밖은 맑은 겨울 햇살이 가득한데
둔덕은 사막처럼 감각이 없어져요
로봇 팔이 허공에서 길게 꺾여
내 동굴로 침입합니다
망설일 틈도 없이
아스팔트 지층을 뚫는 드릴링 굉음轟音이
공포를 가득 채우네요
약육강식弱肉强食의 세상에서 살아남을
가식假飾의 강철이빨*을 심는 거지요

고통 속에 수직으로 치올라 오는 리비도
썩션* 썩션 의사의 스테레오타입 음성이 아련하고
홍건하게 고인 피와 침을,

실패한 생애 어두운 기억의 잔재殘滓를
남김없이 빨아들이고 있어요
나는 진공상태의 원시原始로 돌아가는 거예요
토인들이 춤추는 북소리가 아득히 들려오고 있어요

* 터미네이터(terminater) : 제임스 카메론 감독의 영화.
* 007영화의 악당.
* suction : 흡입, 치과용어.

높이의 무게

자작나무 숲을 지나 갈참나무, 철쭉군락이
산골마을인 양 차례로 마중하는데

능선 위로 다락방 거울이 걸려 있다
한 걸음 위로 떼어 놓은
높이의 무게가
지나온 고통을 짓누른다

산마루에 오르는 비탈은
이미 돌이킬 수 없는 업보이려니
보내야 할 기억은 놓아 주어야지
기를 쓰고 한 발 올려도
겨우 패랭이꽃만큼 상승하고
삐긋 헛디디면 어이없는 나락이다

정상이 가까워지자
저울추가 숨 가빠지고
세상의 중력에서 이탈하려는
반발의 힘으로 하늘로 다가간다
이윽고 하늘이

만조滿潮의 바다처럼 가득하고
정지된 시간을 허공에 투망投網하면
높이가 사라지고
무게는 투명해진다

침묵의 실루엣

스테인드 글라스를 투과透過한
햇빛 속을 떠도는
투명한 먼지의 띠

창밖 봄눈이 오는 자취를 따라
가위에 잘려 나가는
크림색 무명포布 자락

포크와 칼에 긁힌 낡은 식탁 위
등불에 반사하는
멍든 얼룩의 음영陰影

천장으로부터
빈방 구석에 누운
의자의 그늘로
감긴 시간의 실을
길게 풀으며 내려오는
거미의 웅크린 몸짓

태풍 예고

바람이 세어진다
습기를 머금은 바람
그 머리 위 짓누르는 먹구름과
후두둑 빗줄기에 먼지 이는 발밑 흙길
눈물로 흩뿌려지는 빗물,
불안을 키우는 저기압과
가슴을 때리며 흐르는 강물
그리고 삶이 무너지지 않도록
작은 흔들림마저 일깨워 주는 나뭇잎
그 모두가 태풍이 오고 있음을 알리고 있다
샹들리에 불빛으로 차단된
이중 유리창 안으로
쏟아지는 빗소리에도 애써 귀먹은
번들거리는 위선僞善들에게

타워팰리스 위에 달은 뜨지 않았다

희망고문*

무릎관절이 망가져
걷기 힘든 팔십 노모는
환갑 넘은 아들 손을 잡고
일찍 돌아간 젊은 남편을
성묘 가자고 채근하고

늙은 아들은
바다 건너 처가에 묻혀 사는
그의 아들이
서양 며느리에게
제대로 대접받고 사는지
안쓰럽기만 한데

강화도 교동도에 가면
물살 빠른 좁은 해류 건너
지척인 북녘땅
자주 안개로 뒤덮히는
낙타 등 같은 언덕 너머로
어릴 적 고향이 손에 잡힐 듯하지만
그림처럼 들어갈 수가 없다

오늘 같이 진눈깨비가 내리는 날
가끔 꿈속에 나타나는 옛날 사람을
사십년대 불란서 영화에서 보듯
거리에서 우연히 마주칠지도 모르겠다

* 희망고문 : 간절히 바라지만 이루어지지 않음.

벽壁, 수수께끼

1
가까이 다가갈 수는 있어도
결코 넘을 수 없는

언제까지고 서 있기만 하고
앉거나 누울 수는 없는

표면을 만지고 쓰다듬어도
그 속으로는 도저히 들어갈 수 없는

바람에 부딪치고 휩싸여도
돌아서서 피할 수 없는

공간은 가르고 있어도
시간은 나눌 수 없는

아무리 향해 외쳐 보아도
메아리가 돌아오지 않는

2

발은 땅을 밟고 있지만
머리 위는 어디선가 열릴 수 있는

그 속에 귀가 있다지만
나의 단 한마디를 알아듣지 못하는

함께한 불통不通의 오랜 시간이
그 앞에 앉아 있는

그대는 벽이다

에바 마리 세인트Eva Marie Saint

빈 시간을 때우느라고
만화 같은 영화 '슈퍼맨 리턴즈'를 보러 갔다가
예기치 않게 사십여 년 만에 그녀를 만났다
히치코크의 '북북서로 진로를 돌려라'에서
신비롭게 빛났던 그녀를
시간만큼은 슈퍼맨도 리턴하지 못했다
그녀는 팔순의 할머니가 되어 있었고
화면의 어느 구석에도
왕년의 그녀를 연상시키는
단서는 남아 있지 않았다

유일하게 남아 있는 눈매에도
비껴갈 수 없는 세월의 지문이
인생의 고달픔을 확인시켜 주었을 뿐
늙는 것은 치욕일까 비애일까,
다시 보여 줄 내일이 있다면
단순하게 묻어 둘 오늘이련만
차라리 '그레타 가르보'처럼
젊은 날의 모습만으로 남아
끝까지 나타나지 않는 것이 좋았다

맨해튼의 거리에서 사과를 사며
아마도 '매트릭스' 의 다른 세상을
살았을 것이다

컨테이너 목마木馬

드래곤 마운틴城은
난공불락難攻不落의 철옹성鐵甕城이었어
우리는 높은 성루城樓에서
화염병과 돌팔매 새총으로 완전무장했었지
쳐들어오기만 하면
제대로 불벼락을 내릴 작정이었어
그런데 이게 웬일이지
사소한 잽도 안 날렸는데
이상한 컨테이너가 공중에서 날아와
캄캄한 밤하늘에
트로이의 목마木馬같이 다가오는 것이었어
'아가멤논' 이여 그대는 알고 있는가
이런 전리품戰利品이 있다는 것을
목마木馬에서 전경戰警들이 쏟아져 내렸어
힘과 부富와 언필칭言必稱 질서의 연합군들이었지
우리는 트로이처럼 속수무책으로 당했어
지리멸렬支離滅裂
함께 도망칠 파리스 왕자王子는 당연히 없었고
그냥 화염병을 던질 수밖에

개꿈은 허망하게 불타 사라지고
우리는 그렇게 끝났어

木馬는 하늘에 있고 방울 소리는 귓전에 철렁거리는데*

* 박인환(朴寅煥; 1926-1956) '목마(木馬)와 숙녀(淑女)'로부터.

미망迷妄

하루하루 기억이 엷어져요
창밖 한여름 울어대는 매미 소리는
그 옛날 피난 올 때의 포성으로 들려요

글씨는 여전한가 봐요
경조 봉투에 쓴 한자가 너무나 단정해서
딸들이 쓸쓸하다고 하네요

문을 열고 들어오는 저 사람은 누구인가요
가까이 다가오니 아들인 걸 알겠네요
하나뿐인 아들 이름이 떠오르지 않아요
꿈속으로 당신이 찾아와 일깨워 주세요
그런데 먼저 간 당신 얼굴이 생각나지 않아요
지금 내 나이가 몇 살이죠?

차단遮斷 1

아파트 베란다에서
산과 강과 길이
하늘 속에 안겨 있는 수묵화처럼
멀리 내다보였다

모르는 사이 초등학교 별관에
영어유치원이 증축되며
강변 미루나무 있는 둑길이
시야에서 사라졌다
얼마 안 지나 교회의 첨탑이 올라가며
반짝이는 강물이 지워지더니
길 건너 공터에
건설회사 모델하우스가 세워지며
검푸른 산까지 가려지고 말았다

시간도 생각도 갇혀 버렸다

차단遮斷 2

하늘빛교회의 선전 조명이
밤하늘의 어둠을 가리고 있다
양 떼를 이끄는 목자의 영상映像이
허공을 가르고
그 위로 붉은 십자가가
첨탑으로 우뚝 솟아 있다
태초의 적막만 가득하던 주택가 하늘에
난데없는 홍역이다

어둠의 밀도密屠는 가장 순수한 것
동트는 미명未明은 빛의 고향인 것을
밤은 노을이 질 때부터 여명까지
시시각각 변하는 모습으로 살아 있는데
이제는 일정한 조도照度의 전광판이
새벽이 오는 것조차 가로막고 있다
누가 시간의 침잠沈潛과 사색을
이렇게도 차단할 수 있는가

차단遮斷 3

동네 길모퉁이 아이들이 노는 공터에
아파트 모델하우스가 세워졌다
비계가 올라가며 예봉산이 가려지더니
벽이 붙여지며 검단산마저 사라지고 말았다
주위를 압도하는 거대한 성채가 들어서며
이제 내 시선은 탈주할 수가 없다
이십 리도 더 떨어진 곳에 짓는 아파트 단지를
왜 이곳에 치장하여 파는 것일까
허위와 가장假裝이 전시되고
부패와 가식의 냄새가 진동한다
더 이상 아이들의 소리가 들리지 않는다

축제의 그늘

강물이 여울목을 돌아
쉬어 가는 둔치에 인공으로 키운
빨강 분홍 흰색의 코스모스가 가득하다
연병장보다 넓은 고수부지에
키를 고르게 하여 나란히
밀밭보다 더 빽빽하게
구획 지어 다발로 피어 있다

축제가 벌어진다
풍선 인형이 하늘로 흐느적대고
수십 개의 포장집이 북적이며
여간한 바람에는 흔들리지도 않는 꽃밭에서
사람들이 헤집으며 사진을 찍는다
밤의 가설무대에서는
하늘하늘 코스모스같이 춤을 추고
불꽃놀이가 무수한 꽃잎처럼
밤하늘로 퍼져 간다
언덕길에는 넘치는 차들이
길게 줄지어 서 있다

어느덧 잔치는 끝났다
꽃은 색이 바래어져 가고
인적마저 드물어지자
어느 날 꽃밭은 일제히 갈아엎어졌다
언덕길 가장자리
누가 씨 뿌리지 않아도 길따라 제멋대로 피어
미풍에도 쉽게 흔들리는 가냘픈 코스모스들이
다시 빈 벌판으로 돌아가 버린
황량한 둔치를 내려다보고 있다

동기회 수첩

‘듀비비에’ 의 영화 ‘무도회의 수첩’ 을 기억하십니까

이 년 만에 새롭게 나온 고교 동기회 수첩을 받아 본다
모두 여덟 반 오백 명 가까웠던 옛 학생들의
이름과 사진과 연락처가 가나다순으로 나열된다
한창때의 화려한 모습에서 빛바랜 졸업 앨범 사진까지
각양각색의 인생이다

세월이 가도 총인원은 변함이 없는데
수첩의 앞부분과 뒷부분이 종이 한 장 차이로
명부冥府를 달리한다
갈수록 뒷부분이 늘어나 한 학급이 넘었고
건강했던 전임 동기회장도 갑자기 불려갔다
지난번에 같이 선운산을 갔었는데
그쪽에도 급히 리더가 필요한가 보다

살아 있다는 것이 무엇인지
수십 년을 만나지 못해도 사진 한 장으로 이승이고
얼마 전까지 사십 년을 해후하다가도 어느새 뒤에서 웃
고 있으니

얼굴은 웃고 있어도 어쩐지 허탈하게 보이고
연락처는 비어 있어 허름한 납골당 명패 같다
당연히 매년 뒷부분이 늘어나고
그쪽으로 옮겨 가는 순서는 아무도 모른다

—수첩의 한 줄로만 남은 흘러간 빛이여
지금 어디쯤 가고 있는가

팝송을 짓다

퍼붓는 빗소리에 귀를 귀울여 보세요
빗방울이 제 이름을 부르고 있어요

천둥 번개가 치고 제가 깨어났을 때
당신이 없으면 어떻게 해야 하나요

잊으려 노력한다고 말하는 순간에도
제 심장은 제가 거짓말을 한다고 하네요

당신이 보여 주지 않으려고
애쓴 것들이 무엇이었는지
오랜 시간이 흐르고 나서야 알게 되었어요
긴 한숨을 옛 기억 속에 묻어 두려 합니다

세월이 흐르면 깨닫게 되겠지요
시간이 마음을 속인다는 것을
언젠가는 저는 꿈의 개울을 건널 거예요
그러나 감히 저 달에는
이르려고 하지 않습니다

어떤 성묘

1
구름이 짙게 깔리고
가끔 가을비가 흩날리는 날씨이지만
길 막히는 혼잡한 주말을 피하여
예정대로 성묘길을 떠났다

아들들이 장성하여 직장을 가진 후로는
억지로 시간을 내게 하기도 어렵고
본인들도 내켜하지 않는 기색이어서
그냥 혼자 가는 것이 습관이 되었다

그런데 금년에는 팔십 넘은 노모가
굳이 떼를 쓰듯 따라나섰다
평시에도 병치레가 그치지 않아
반갑지 않은 동행이지만
차로 시간반 거리이고 해서
모시고 가기로 한다
내심 앞으로 몇 번을 더 가실 수 있을까
안쓰러워하며

노모는 뒷자리에 앉아

운전 조심하라고, 금년에는 왜 여태
건강진단을 받지 않느냐고
잔소리가 많다

2
산허리의 묘역에 도착하여
낯익은 관리소 아주머니에게 노모를 부탁한다
무릎관절이 망가져 올라가는 것은
엄두를 내지 못한다

제수祭需와 제구를 넣은 가방을 어깨에 메고
반쯤 핀 국화 화분과 자리를 들고
산길 소로를 타박타박 오른다
예초기에 잘린 마른 풀들이
소 여물처럼 여기저기 흩어져 있고
묘소들은 명절에 이발을 한 아동을 보는 듯
가지런하고 단정하기까지 하다

익숙한 코스로 올라간다
대기업 회장의 묘소도 지나고

바로 아래 유명 조각가 묘소를 거쳐
아버지에게 다가간다
건넛산에는 무서울 정도로 늘어난
수천 개의 유택이 나지막하게 엎드려 있다

묘비를 한 바퀴 돌아본다
검은 대리석에 각인된 가족 이름들이
세월의 풍화에도 여전히 선명한데
막내아들과 손자의 이름은 없다

3
상석에 제수를 차리는데
푸드득 빗방울이 굵어지며
비가 쏟아지기 시작한다 난감하지만
그대로 술을 따라 올리고 절을 한다

절을 하는 비닐자리에 빗물이 고여 오고
윗도리 등판이 젖어 온다
음복을 하는 얼굴에도 빗물이 흐르고
아홉수를 못 넘기고 사십대에 떠나 버린
아버지의 얼굴을 떠올린다

당신이 가신 지 어언 삼십여 년
절을 올리는 환갑 넘은 아들보다
훨씬 젊은 청장년의 모습이다
무엇이 바쁘다고 그리도 일찍 가셨는지
이제 나는 젊은 아버지 떠난 사실을 알고
일 년도 못 되어 돌아가신 조부를
닮아 가고 있다

노모는 당신이 오래 사시면
저승에 가는 순서가 또 바뀔까 걱정이다
마지막으로 절을 하고
얼굴의 빗물을 훔치며 일어선다
바로 옆에 오래 사시도록 노모를 위하여
일부러 써 놓은 가묘假墓에서
어머니의 목소리가 들려오는 듯하다

저녁, 하구河口에서

물살이 느려 갈대가 무성한
하구河口의 강은
세월이 가도 바다에 닿지 못해
서글프고 묵묵하다

노을 속으로
회오리바람같이 날아오르는
무수한 철새들의 비상飛翔
소나기 오듯 하늘에서 젊은 날의
찬란한 소리가 쏟아져 내린다

만남과 헤어짐의 신호를
날갯짓으로 펼쳐 보이는
철새의 등에서
허공은 가파르고
바람은 낮과 밤의 경계를 허물고 있다
어둠이 침묵을 이마에 얹고
물 위로 오고 있다

마지막 상봉

장충동 동국대 입구, 오르막길 중턱
토기에 나물과 고등어구이를 담아 내오는
허름한 한정식집에서 오랜만에 그를 만나다

모자를 벗으니
그 옛날 새둥지 같은 머리칼은 어디 가고
유태인의 비밀처럼 민둥산이다
칠순이라는데 눈빛은 형형하고
알 듯 모를 듯 희미한 미소도 예전 그대로이지만
중병을 앓는 탓인지 조심스럽게 기억을 더듬는다
얼굴이 길어져 예수를 연기한
'막스 폰 시도'를 연상케 한다

고백컨대 나는 오랫동안
이 조막손과 생철가슴의 시인을 잊고 있었다
그런데도 가끔은 인생이 초개草芥같이 느껴질 때마다
필터담배를 거꾸로 물고
각박한 세상의 궤도에서 벗어나
춤추는 인간의 몸짓에 취해 있는
그가 떠오르곤 했다

그는 다음에 내 얼굴을 그려 주마고 했다

내 생애의 어떤 그늘이 드러날까 망설이며

헤어져 언덕을 올라가는

그를 흘끔 돌아다본다

꾸부정하게 걷는 뒷모습이 몹시 위태로웠다

* 시인, 서양화가, 무용평론가, 삽화가였던 초개(草芥) 김영태
(金榮泰) 선생을 추모(追慕)하며.

미지未知로 떠나는 길*

프롤로그
내 생애에 이렇게 먼 길을 걸어간 적이 있었던가
—평생을 걸어온 거리를 합쳐야 이쯤 되지 않을까
기억은 없지만 낯설지 않다
나는 무엇인가 강렬한 끌림에 이곳에 왔다
—아마도 전생의 어느 시기에 여기에 왔겠지

출발
새벽 동틀녘 안개 자욱한 산길을 오른다
오르고 올라도 펴지지 않는 침묵만이 길을 내준다
평원으로 내려오자 햇살이 드러나고
조가비 화살표만이 방향을 인도한다
끝없이 이어지는 지루하고 건조한 고원지대,
수확이 끝났지만 향긋한 포도밭길,
낮은 구릉과 밀밭 평야를 지나
살아온 모든 것을 내려놓고
느리게 가는 길에서
지금까지 모르던 나를 만난다

먼 지평선 끝에 보이는 나무가
다가갈수록 멀어져 가고

계속 서쪽으로 향하는 길은
내 그림자를 앞세운다
그림자 속 나를 비우고 또 비우고
종착지까지 길은 그렇게 끝없이 이어진다
나는 다시 돌아갈 수 없도록
살아온 흔적을 지우기 위하여
오늘 이 길을 떠난다

* camino de santiago 순례길.

하늘 문*에서

82

하늘로 들어가는 문은
드높은 바위산 정수리에
전투기 편대가 통과할만큼
커다란 허공으로 뚫려 있었네
나는 사형대의 엘리베이터*를 타듯 긴장하여
구백아흔아홉 계단을 한발 한발 딛고 올랐었지
천국으로 향하는 원형圓形의 전설
문턱에 다다르자 샤오메이小妹가 외쳤어
─할아버지 아니 아저씨
─사진 두 장 코팅하여 만 원! 만 원!
나는 마지못하여 포즈를 취했지만
살아온 그늘이 드러날까 긴장했었네
천국으로 가는 티켓은 그리 비싸지 않았다네

저 아래 내려다보이는
안개의 바다에 떠 있는
밤송이 머리의 봉우리들이
이스터 섬의 덩치 큰 '모아이' 같이
멀리서 나를 쳐다보고 있었어

아마도 몇 백만 년간

그 자리에서 끝없이 지켜보았겠지

어느 날 어떤 못난 사람이 찾아오는지를

* 중국 장가계(長家界) 천문산(天門山) 기행(紀行).
* 루이 말 연출 불란서 영화(1957).

임진강을 건너서
—개성 기행

경계선은 어디에 있는가
강은 잊혀진 시간 혼자서 흘러갔겠지
다리 건너 비어 있는 길따라 삼십 분
햇빛 쏟아지는 텅빈 대로의 적막을 뚫고
남쪽 열두 대의 버스가
거대한 지네의 마디처럼 꿈틀거리며
오십 년의 망각 속으로 미끌어져 들어갔다
잿빛 도시는 백 년 만에 하루
지상으로 떠오르는 지하마을인 양
연기에 그을은 모습이다
박연폭포에도 관음사에도
황진이의 자취는 없고
사방에 주홍글씨만
선죽교의 핏자국보다 선명한데
하루살이의 미몽迷夢인가
고향이 지척이지만
어릴 적 기억 속의 흔적은 찾을 길 없고
우상偶像의 언덕 아래
가까이 접근할 수 없는 남대문 누각이
신기루 속의 조각배처럼 다가온다

산천가든

청계산 이수봉 산자락
피리 부는 마을上笛洞
개울 앞에 그 집이 있었네
비쩍 마르고 키가 큰
독 짓는 늙은이* 같은 영감님이
집 계단에 쭈그리고 앉아
평생 피운 세월의 담배 연기로
하루를 보내고 있었으니
물끄러미 지나가는 구름을 바라보고
건너편 상수리나무가 걸어오는 말에
형형한 눈빛으로 답하며
계곡을 타고 내려오는 바람과 물소리에
한없는 시간을 낚고 있었네

* 황순원 단편소설.

속성사진 찍기

급히 사진이 필요하여
전철역 구석에 놓여 있는 사진코너를 찾았다
자동판매기 닮은 표면에는
젊은 여자의 얼굴 사진이 여러 크기로 나붙어 있고
연이어 낡은 주름치마 커튼이 늘어져 있다

높이 조절하는 둥근 걸상에 앉아
앞 사각 창窓을 들여다보니
적막한 무표정이다
고해성사대 같은 검은 정적 속에
얼굴을 정열하는 눈높이 선線과
손톱만한 렌즈가 나를 응시한다
순간 살아온 그늘이 드러날까
긴장하며 찍기를 누른다

번쩍 섬광이 터지고
이윽고 두 가지 영상이 선택으로 떠오른다
관용인가, 다시 찍기가 한 번은 허용되어

결국 선보이는 얼굴은 모두 넉 장
늙고 초라하고 겁먹고 굳어 있다
인화지를 꺼내어 불량사진 투입구에
부끄러움과 함께 던져 넣어 버린다

나의 원시原始는

1
나의 原始는
부끄러운 그대로 하나의 繪畵

平面을 喪失한 立體와도 같이
風景이 온통 虛空으로 構成되고
立像은 모두 倒立할 수가 없는
모순 투성이들

가냘픈 肋骨 사이로
기특하게도 寓話가 들려 나오고
그림은 戲畵
繪畵의 모두가 不動의 몸짓들로
칠해진 채
原罪에 물든 瞳孔 속으로
짐승같이 解剖당한 욕망이 흐른다

2
나의 原始는
벌거벗은 그대로 하나의 苗木

뒷줄 왼쪽 두 번째 崔慶元(전 법무부장관), 앞줄 왼쪽 첫 번째 金平祐(대한변협 회장),
앞줄 왼쪽 세 번째 저자 본인(낙산문학회 초대회장)

逆으로 時間은 停滯되고

어처구니 없게도 발밑은 온통

디딜 곳이 없는 虛空으로

가득찬 슬픔뿐이어서

뿌리는 空氣를 빨아들이는 모순 투성이들

앙상한 가지 끝에

잎사귀 하나 없이

創造의 榮光을 拒否하는

無抵抗이 도사린다

3
나의 原始는
유치한 그대로 하나의 詩語

呼吸이 있고 憐憫이 있고
思索이 있건만
마지막 校正에서 削除당하지 못한
안타까운 言語

나의 原始는
奇異한 그대로 하나의
繪畵이고 苗木이고 詩語이다

* 1965년 서울법대(法大) 시화전(詩畵展) 출품(出品), 1966년 낙산문
원(駱山文苑) 게재(揭載).

진정한 자아 찾기의 연정적 존재인식의 시

박종철
(시인 · 문학시대 주간)

뒤돌아보았을 때 눈앞의 허무한 바탕에 떠오르는 그림자는 과거의 어느 시점으로 녹아들어 현재적 체험의 불을 밝히는 기름으로 작용한다. 그래서 나는 지금 인생의 어느 마디에 걸려 있는 미망의 존재인가를 비추어 보고 그 아련한 존재가 천사의 얼굴로 떠오르는 형이상학인가, 혹은 아픈 시절의 기억들로 방울져 떨어지는 형이하학인가를 가름하여 보는 것이다. 그러나 아무리 헤집어 보아도 손에 잡히지 않는 근원적 존재의 허무는 언제나 느끼기 마련이다.

그 허무의 끝자락을 만지작거려서 바람의 형상을 일으키면 푸른 하늘의 바탕 그림에 가오리연이 꼬리를 길게 늘어뜨리고 나타나기도 하고, 다른 한편에선 '밤 깊어 낯설고 어두운 객지에 내리는 젖은 몸의 실루엣' 이 스쳐 지나

가기도 한다.

박수중 시인이 눈썹을 잘라 풍선으로 띄우는 서정적 꿈의 세계가 결코 낯설거나 현실세계와 동떨어진 이상적 하늘의 세계만은 아닌 진정한 자아 찾기의 연정적 존재인식에 있음을 상기하게 된다.

헤르만 헷세는 한 편의 시가 탄생하는 기원에는 너무나 명백한 뜻이 있다고 이렇게 이야기했다.

"그것은 살아 있는 영혼이 자신의 체험과 격동을 또렷이 의식하고자 내뿜는 분출이요, 외침이요, 탄식이요, 몸짓이요, 반응이다. 이와 같은 일차적 표현의 가장 중요한 뜻을 근원적인 기능면에서 따지자면 어떤 시도 판단의 대상으로 삼을 수 없다. 우선은 시인 자신을 향한 것이기 때문이다. 시는 시인의 호흡, 시인의 아우성, 시인의 꿈, 시인의 미소, 시인의 주먹질이다. 그 어느 누가 간밤에 꾼 꿈을 두고 미학적 가치를 논하며, 우리의 손짓과 고갯짓, 몸짓과 걸음걸이를 두고 그 합목적성을 따질 수 있겠는가? 자기 자신과 세상을 더 명확하게 알아가고 체험의 힘을 고양시키고 양심의 날을 세우는 데 도움이 되고 힘이 되는, 존재 없으나 동시에 모든 존재의 확증인 경이롭고 애달픈 징표들이 한 편의 시가 되는 것이니."

인용이 좀 장황하긴 했지만 박수중 시인의 시 〈부재의 궤적〉이나 〈블라인드 사이드〉, 〈풍선〉, 〈연〉으로 이어지는 일련의 존재론적 회상의 체험을 더듬어 보는 데는 내

손가락 끝의 감각이 마디마디를 짚어 내기에 안성맞춤이기 때문이었다.

한마디로 박 시인의 시집 『꿈을 자르다』에 실린 여러 작품에서 허무감을 바탕으로 한 근원적 존재인식에 물음표를 다는 영롱한 물방울이 상징성의 빛을 발하고 있음을 알 수 있다. 영원성의 영속으로 존재하여야 할 실존의 허무, 그리움, 안타까움이 '하늘 멀리 날아가는 연'으로 아득히 사라졌다가 '어느 새벽 문득 가슴 저려 오는' 감성적 깨달음으로 아침을 열어 오기도 하면서 말이다.

그래서 나는 박수중 시인이 천착해 온 체험으로부터의 시가 단순한 체험 그 자체에 대한 묘사나 진술이 아니라 과거의 어느 시점에서 끌어낸 심상을 현재의 실제적 경험과 결부시켜 독특한 미적 감흥을 일으키고자 한 개성적 고백의 시인 동시에 진정한 자아를 찾아가는 연정적 존재인식의 과정에 집중하는 시라고 판단한다.

진정한 자아 찾기의 연정적 고백

'시인은 개인적 회상을 통하여 자기 자신에 침잠하지만, 여기서 객관적이고 공유된 세계를 발견하고 공유된 생을 그 필수적 본질이 되도록 한다. 사생활의 개인적 요소를 공공의 리얼리티와 조화시키고 통일시키는 능력이라고 볼 수 있으며, 시인은 시를 통하여 자기 자신의 가장 가치 있는 자아상을 타인의 음미로 제공한다.' 이미 고인이 된 김준오 문학평론가의 시론집 중 〈기억의 현상학〉에 실린 글이다.

그렇다. 나는 박 시인의 '기억' 편에 나오는 시편들의 이미지나 상징적 요소들을 '자기 자신의 가장 가치 있는 자아상을 타인들의 음미로 제공' 한다는 데서 발견한다.

그대의 행방을 알 수가 없어요
수십 년 기억의 어디쯤에선가 끊어졌네요
이제 그대를 추적하기 위하여
내가 할 수 있는 일이라곤
오직 풍선을 띄우는 것 뿐,
미몽迷夢에서 깨어나
세상이 텅 빈 아침
입 안의 점막세포를 털어 넬 만큼
몇 번이고 입김을 불어넣어
안타까움을 부풀립니다
어떤 세월에도 변함없이
그대를 입력해 온 세포 속 DNA가
풍선의 길잡이가 되어
그대를 찾아가게요
―〈풍선〉의 전반부

이 시에서 그대와 나로 화자와 청자가 연정적 상관관계를 나타내지만 청자는 사실 화자의 또 다른 이상적 자아로서 연민의 정감을 싣고 팽배해 가는 모호한 존재이다. '세포 속 DNA' 라는 확실한 길잡이가 있음에도 불구하고 '부풀리면 부풀릴수록 까마득히 높이 올라가' 결국은 '순간의 햇살같이' 허공으로 스러지고 마는 허무한 존재이다. 누가 이런 말을 했는지는 알 수 없지만 나는 이를 두고 형이상학적 정감이요 영원성을 추적하는 인간 본성의 상징적 의미로 이해하고자 한다.

유치환 시인이 [청마시집] 서문에서 '절대적으로 불변하는 가치성'으로서의 '허무의지, 즉 목적을 갖지 않는 허무의 의사意思'라고 표현한 〈깃발〉의 상징성에 대해서 박수중 시인의 〈풍선〉은 '가변의 가치성'으로서의 '허무의사'를 내포한 연정적 자아의 상징이라는 생각이다. 말하자면 〈깃발〉이 고전적 의지의 표현이라면, 〈풍선〉은 현대적 자유의지의 표현이라고나 할까.

또 다른 시 〈꿈을 자르다〉에서 꿈을 꾸고 나면 자라나는 눈썹의 이미지는 서정주 시인의 〈동천〉에서 '눈썹'이 보여 주는 '절대적 가치로서의 외경의 정신'과 대비된다고 할 것이다. 박수중 시인의 '눈썹'은 '진정한 자아로서의 이상적 이미지'일 것이며, 이는 연정적 이상이 자라나 허무적 정서로 흐르는 인생의 '가변성'을 상징적으로 표현했다고 보여진다.

더욱 주목해야 할 작품은 〈연〉이 아닌가 한다.

오랫동안 소식이 없어
먼 구름만 바라보았지
그러다가 문득 생각난 듯
엽서가 오기 시작했다
그대에게 라고 쓰고는

푸른 하늘의 바탕 그림에
가오리연이 그려져 있었고
다음부터는 단지 꼬리만
수십 번 연이어져 왔다
어느 시점에 그림엽서가
더 이상 오지 않게 되자
인연因緣이 거기까지로 생각한 나는
그 모든 것을 가지고 언덕에 올라
바람에 흩날려 띄워 버렸다

〈풍선〉이나 〈꿈을 자르다〉에서는 현실적 자아가 이상적 자아의 행방을 찾는 그리움과 안타까움의 정서로 고양되지만, 〈연〉에서는 이상적 자아로부터의 소식을 담은 엽서가 배달됨으로서 현실적 자아를 고무시킨다. 그러나 엽서에는 푸른 하늘의 바탕 그림에 연이 날아오를 때까지는 고무되지만 점점 꼬리만 그려진 연으로 작아지다가 어느 시점에 그림엽서는 더 이상 오지 않는다. 그래서 인연에 얽힌 모든 것을 언덕에 올라 바람에 날려 버리고 마는데, 밤 깊어 낯설고 어두운 객지에 내리는 젖은 내 몸이 보인다고 한 것은 바로 자아 찾기의 연정적 고백이요 허무한 존재인식에 다름 아니다. 태어나고 사랑하고 고통받고 죽어가는 인간의 삶이요 생애의 순환이다. 말하자면 철학적 감수성이 배어 있는 존재인식의 방식이다.

이런 자아 찾기의 궤적은 〈블라인드 사이드〉의 멀리서 눈부시게 쳐다보이는 '빛나는 햇살의 그대'로 떠올랐다

가 〈그 방〉과 〈벽의 속성〉에서 '더듬이가 긴 곤충' 으로
웅크리기도 하고, 〈잠을 설치다〉의 '하늘 멀리 날아가는
연' 이 되었다가 〈등대〉에서 '다시 찾아올 세월' 로 순환
한다. 존재의 부재이지만 무수한 상징으로 존재하는 〈부
재의 궤적〉은 '또 다른 부재의 궤적' 이라는 상징성의 침
목枕木을 인생의 노선에 깔고 진정한 자아 찾기의 레일을
끊임없이 가설해 나갈 것이다.

삶의 바탕을 확인하며

시적 대상물과 삶의 전체와의 만남, 그것이 서정성의 근
거가 되고, 사물과의 만남을 통해서 삶의 바탕을 되돌아보
게 하는 것이 시적 계기가 된다고 했다. 과거 속의 구체적
사건이나 사물은 현재적 삶의 일렁이는 정서에 부딪쳐서
인생의 새로운 고비를 환기시키는 촉매가 되고, 그 새롭게
발견된 고비마다 한 송이 꽃을 피우는 것이 시이다.

박수중 시인의 두 번째 기억 편의 시들은 일상적인 요소
로서 잊히지 않는 과거의 어느 한때이거나 평명한 날의 햇
빛 속에서 맛보는 현재적 삶의 행복한 어느 한때이다. 먼
저 〈이장移葬〉이라는 시부터 살펴보기로 하자.

시간이 그대로 머물러 있더군요
봉분을 조심스레 헐어 내려가
가랑잎처럼 부식된 관 뚜껑에 닿았을 때
빛이 무너지듯 현기증이 엄습했어요

사십 년 세월이 갇혀 있었어요
아들이 청년에서 할아버지가 되는 동안
당신은 당신만의 공간 속에 사십 대로 존재하셨네요
살과 머리카락과 수의壽衣는
아주 고운 먼지가 되었고요
두개골에서 발가락뼈까지 누운 자세가
절제節製된 침묵처럼 가지런했어요

위 두 연은 〈이장〉의 전반부이다. 존친이 죽음 이후에 변해 가는 모습에서 내 삶의 전체와 만나고, 그 모습이 자신의 실존적 과정이라는 허무감을 확인하고 나서 다시 따뜻한 감회를 일으키며 한 편의 시로서 승화되는 정서를 느낄 수 있다. '죽음과 무의 퍼즐을 풀 듯/다시 원래의 모습으로 정열하는 것을 지켜봤어요/옆에서 당신이 가만히 제 손을 잡고 있더군요'

삶이 죽음으로 물화物化하여 정리되어가는 육친의 모습을 보았을 때, 세상이 해체되는 듯한 허무감이 엄습했다가 다시 진정되는 모습으로 존속과의 일체감이 자리 잡아 가는 영속적 자아의 존재인식에 닿는 것이라 할 것이다. 우리는 이와 같은 시인의 개인적인 체험에 동화하여 막혔던 의식의 벽을 허무는 시적 감흥을 일으키는 것이라고 하겠다.

이번엔 다음에 소개하는 〈아주 사소한 행복 1〉을 읽어 보자.

모처럼 아들 내외가
돌이 조금 지난 손자를 데리고
다니러 왔다

"정우, 어디 있니" 부르면
아이는 조개만한 손으로
자기 가슴을 가리키고
옆에서 삼십을 넘은 아들이
수염이 꺼칠한 채
겸연쩍게 웃고 있다

마당의 쓰르라미 소리가 오수午睡로 밀려오며
아들은 옛 자기 방에서 누워 자고
이어서 손자가 버릇인 듯 엎어져 잔다

러닝셔츠 차림의 아들 옆구리에는
어릴 적 끓는 물에 데인 흉터가
손바닥만하게 엿보이고
곤히 잠든 어린 손자의 등에는
손수건만한 아기 옷이 새끈거린다
두 손을 각각 그 자리에 대어 본다
두 체온이 서서히 전류가 흐르듯 옮겨 온다

여름 한낮의 정밀靜謐함 속에서

먼저 살펴본 〈이장〉에서는 아버지의 육탈된 모습과의

만남이요 여기 〈아주 사소한 행복〉에서는 아들과 손자가 편안히 숨 쉬는 모습과의 만남이다. 박수중 시인의 시세계의 맥락을 짚어 볼 수 있는 또 하나의 단서라 할 것이다. 인생이 허무한 것이 사실이지만 허무 그 자체로서만 보이지 않는다는 경험적 이해로서의 체득이다. '곤히 잠든 손자의 등에 엎힌 손수건만한 아기 옷', 여기에 '두 손을 각각 대어 보자 두 체온이 서서히 전류가 흐르듯 옮겨 오는' 혈류의 흐름, 행복은 가장 가까운 사람과 가장 가까이 있을 때 느끼는 것이라고 했던가. 내 존재를 있게 한 가장 가까웠던 저세상 속 육친과의 해후, 그리고 내 존재의 분신인 손자와의 만남에서 실존과 행복을 함께 찾을 수 있었던 것은 박수중 시인의 행복이자 여기서 묻어나는 문향文香은 시인의 삶 전체를 관통해서 타인의 삶에까지 공명으로 울려 퍼진다고 하겠다.

인생무상의 그늘

박수중 시인은 시인이라는 호칭을 받기 전에 이미 발견을 미루어 온 행성처럼 숨겨진 궤도를 돌고 있다가 가을맞이 햇살 아래 잘 익은 과일로서 시인의 모습을 나타낸 것이라 할 수 있다. 아는 분은 금방 눈치를 채시겠지만 그 첫 번째 징후는 60년대 초반, 서울대학교 법과대학 시절에 낙산문학회 초대회장을 맡았던 전력에서 드러난다.

뿐만 아니라 졸업 후 사회에 진출해서도 직장동료들 중에는 문단에서 활발하게 활동하고 있는 문우들이 포진하고 있었고, 이들과 교류하면서 문학적 기품과 소양에 깊게 배어들었다고 할 수 있다. 그중에는 고인이 된 김영태 시인이 있다. 시 〈마지막 상봉〉은 바로 김영태 시인과 이승에서의 마지막 만남을 소재로 한 작품이다. 작품 중 일부는 이렇다.

고백컨대 나는 오랫동안
이 조막손과 생철가슴의 시인을 잊고 있었다
그런데도 가끔은 인생이 초개草芥같이 느껴질 때마다
필터를 거꾸로 물고
각박한 세상의 궤도에서 벗어나
춤추는 인간의 몸짓에 취해 있는
그가 떠오르곤 했다

인생이 초개 같은 것이라고 자조와 겸양의 미덕이 함축된 호를 스스로 붙였던 김영태 시인은 잘 알려진 대로 60년대와 70년대의 우리나라 시단에서 주목받은 젊은 시인 중 한 사람이었다. 황동규, 마종기와 함께 '평균율'이라는 동인시대를 이끌었고, 또한 화가요, 무용평론가요, 삽화가로 다방면에 걸쳐 재능을 발휘하면서 보헤미안적 기질을 드러내기도 했고, 폼생폼사의 멋쟁이로 통하기도 했다. 박수중 시인이 같은 직장에서 만나 서로 문학적 분위기로 사귀어 오다가 이 시인이 직장을 떠난 이후 오랫동안 만나지 못했으나 우연히 다시 만나 상봉한 것이 마지막이 되고 만 정황을 이 시는 담고 있다. 인생무상의 자취를 남기고 사라진 시인의 면모와 행적이 무상한 인생의 실루엣으로 잘 묘사되어 있다.

사람은 중년을 넘기면서부터는 주변을 받치고 있던 지주가 하나씩 빠져나가는 인연의 상실이라는 사건과 자주 부딪치게 된다. 일상적인 무성한 삶의 그늘에 감추어져 있던 인생의 바탕이 어느 날 문득 헛발을 딛게 하는 상실의 공허감으로 다가서는 것, 그것이 바로 인생의 충격이요 사건이다. 시 〈동기회 수첩〉에서 발견되는 '한 줄로만 남은 흘러간 빚' 이 옆구리를 빠져나가는 공허감으로 다가오고, 〈미망〉의 '경조 봉투에 쓴 한자가 너무나 단정해서' 한층 쓸쓸하게 소멸의 실체같이 느껴지는 인생의 사건, 이러한 인생의 사건이야말로 나룻배처럼 다가와 피안으로 건너가야 할 의지의 시험에 들게 하면서 또한 각성의 계기를 마련하는 것이다.

지금까지 박수중 시인의 시집 [꿈을 자르다]의 전편을 주마간산 식으로 살펴보았다. 이 시집에는 총 51편의 작품이 3부로 나뉘어 실려 있으나, 도시 문명의 그늘을 조명하는 작품과 서경시, 그리고 영화의 한 장면이나 추억 속에 자리 잡은 배우들의 초상이 소재가 되는 몇 편의 영상적 인용의 시를 제외하면 대부분 앞에서 살펴본 대로 자아 찾기와 존재인식의 시라고 할 것이다.

창조적 기억론의 랭거LANGER 여사는 "과거로부터 생생한 심상을 이끌어 내어 창조하는 시인들은 고도로 발달

한 예민한 기억의 소유자이며 활용자이다."라고 탁월한 창조적 기억론을 피력했다. 박수중 시인이 어슴푸레한 과거의 회상 속에서 발견해 내는 심상은 이런 창조적 기억의 산물이다. 이 시집에서 〈부재의 궤적〉을 1부에 올린 이유도 근원적 허무감에 감싸인 지난날의 초상을 되짚어 보며 새로운 자아의 모습으로 일신하고자 함이 아닐까 한다. 그래서 비인간적으로 낯설게 해서 거리감을 넓히는 역설이나 긴장의 기법보다는 따뜻한 인간적 친근감으로 개성 있는 내면의 진실을 표현하고자 연정적 어조로 이끌어 간 시들이라 하겠다. 시인은 자신의 삶을 쓰면서 삶의 영역을 확장해 가는 것인 만큼 박수중 시인의 고뇌의 궤적은 앞으로 더욱 빛을 발하며 인생의 통로를 넓게 열어나갈 것이라 생각한다.